CONTES de NOURRICE
et Histoires de Brigands
par George Delaw
Accompagnés de Berceuses harmonisées par Vincent d'Indy

Contes de Nourrice
et histoires de Brigands

par George Delaw

Accompagnés de Berceuses harmonisées par Vincent d'Indy

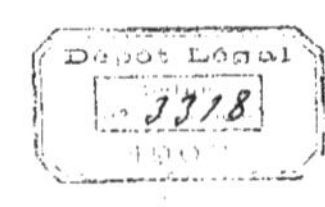

Adrien Sporck éditeur
48, Rue Cambon _ Paris

TABLE

LE CHATEAU de LA POULE

aux ŒUFS

D'OR

Le coq du clocher volait devant eux.

Il y avait une fois, dans un village, un pauvre sonneur avec ses deux enfants.

Un petit garçon qui s'appelait Floribert, et une petite fille qui s'appelait Madge.

L'histoire que je vais vous raconter — et qui est une histoire véritable — se passa vers le temps de Pâques.

C'est le temps, comme vous savez, que les cloches vont au pays de Rome chercher pour les enfants des œufs en sucre et en chocolat.

La vieille cloche déposa Floribert à l'entrée d'une forêt.

Cependant la cloche du village n'avait jamais rien laissé tomber dans l'herbe du verger, et la petite Madge n'avait jamais vu les beaux œufs de Pâques.

— Notre vieille cloche, pensait Floribert, est bien pauvre. Demain, j'irai la voir et je lui causerai. Je lui donnerai les trois gros sous que mon parrain a mis dans ma tirelire le jour de ma première communion ; elle pourra ainsi faire ses emplettes et rapporter quelque chose à ma petite Madge.

Donc, au petit matin, Floribert se lève, et sort sur la pointe des pieds. Il gagne l'église et monte l'escalier de pierre qui conduit au clocher.

Il était temps. La vieille cloche était prête à partir.

— Ne m'emmenez-vous pas ? dit Floribert.

— Monte sur mon dos, dit la cloche.

Et les voilà partis !

Le grand coq du clocher volait devant eux, en faisant aller ses ailes en fer doré.

Le clair matin brillait. Les forêts, les prairies, les champs de toutes couleurs, les rivières scintillantes, le vaste monde passait au-dessous d'eux. C'était un spectacle splendide. De temps en temps, on rencontrait d'autres cloches qui venaient de villages inconnus et qui allaient à Rome aussi. Et l'on échangeait quelques mots de conversation.

Arrivés à Rome, la vieille cloche déposa Floribert à l'entrée d'une forêt.

— Je te laisse avec le coq, dit-elle ; attendez-moi tous les deux, tandis que je vais me faire bénir, je n'en ai pas pour longtemps et je vous retrouverai ici, tantôt.

La cloche s'en va et Floribert demeure avec le coq.

— Si tu veux, dit le coq, en attendant la cloche, nous irons faire un petit tour dans le bois ; on ira visiter le Château de la Poule aux Œufs d'Or ; je l'ai connue autrefois et nous serons bien reçus : viens, c'est près d'ici.

Bientôt, en effet, ils arrivent à la porte du château.

— Toc-toc, dit le coq.

— Qui va là ?

— Une petite robe blanche
Sans coutures ni manches !

Ils arrivent à la porte du château.

A cette formule magique la porte s'ouvrit, et ils entrèrent dans un parc magnifique. Chaque arbre portait, en guise de fruits, d'énormes œufs tout en sucre, et qui brillaient, au soleil, comme du givre.

Au fond des pelouses, s'élevait un château merveilleux. C'était le château de la Poule aux Œufs d'Or, le château de Cotcodac, Reine du Royaume des Œufs de Pâques.

Justement, comme ils arrivaient, la Reine Cotcodac prenait l'air à son balcon.
Sa surprise et sa joie furent si grandes quand elle reconnut le coq, que malgré son âge vénérable, elle sauta du balcon à sa rencontre. Pensez donc ! il y avait 120 ans qu'ils ne s'étaient pas vus ! ils en avaient à se raconter !

Cotcodac les pria de partager son repas.

Cotcodac les fit entrer aussitôt dans son palais et les pria tous deux de partager son repas.
Le coq ne se le fit pas dire deux fois, et tout en mangeant à belles dents, car le grand air lui avait donné de l'appétit, il écoutait avec plaisir la vieille Souveraine causer de leurs souvenirs d'enfance.

Le Roi lui-même se mit à leur tête.

Comme c'est bizarre la vie, disait-elle ; la voilà au faîte des grandeurs ; lui, était resté humble coq de clocher. D'ailleurs il avait toujours été un rêveur, un coq-poète vivant dans les nuages ; il était plus heureux ainsi, peut-être... Elle, aimait la gloire ; mais que de soucis ! Et que son sceptre en chocolat lui paraissait lourd. Cependant elle n'avait jamais oublié ses amis d'autrefois.

Puis le coq raconta leur voyage, et pourquoi le petit Floribert était venu.

Cotcodac, à ce récit, hocha bienveillamment la tête.

— Poc, poc ! dit-elle, tu es un brave petit cœur ; et je veux t'en récompenser.

Elle se leva et leur fit alors traverser des quantités de salles merveilleuses.

Il y avait la salle des Œufs-Rouges, la salle des Œufs-de-Chocolat, etc., toutes plus belles les unes que les autres ; l'une sentait la pistache, l'autre la vanille. Puis elle ouvrit une petite porte dont elle seule avait la clef, et qui donnait sur une immense prairie.

Une herbe haute et lustrée ondulait jusqu'à l'horizon, et trois mille poules blanches y picoraient à l'ombre d'arbres centenaires tout fleuris de bonbons.

Floribert poussa un cri d'extase.

« Mon enfant, dit Cotcodac, chacune de ces poules a la propriété de pondre « des œufs d'or ; je t'en donne trois cents ;... ne me remercies pas ; l'or est un « perfide présent, fais-en bon usage, et puisse-t-il ne pas te dessécher le cœur ; c'est « la parole d'une vieille poule ! »

Floribert baisa avec reconnaissance la patte desséchée que sa bienfaitrice lui tendait et pensa : la petite Madge sera contente !

⁂

Maintenant, ils sont en route pour revenir.

Floribert conduit ses trois cents poules à travers la forêt et le coq marche en avant.

La cloche est partie déjà ; elle ne les a pas trouvés au rendez-vous, mais une cloche n'a pas le temps d'attendre, surtout ces jours-là.

Et Floribert continue sa route. C'est un voyage triomphal. Tout le monde accourt pour voir passer ce cortège étonnant.

Cependant la nouvelle est venue aux oreilles d'un Roi voisin qu'un petit garçon s'avançait vers ses frontières, accompagné de trois cents poules qui pondaient des œufs d'or.

Justement, c'était un Roi avare et féroce ; et, pour comble, le jour où cette nouvelle lui parvint, il n'y avait plus dans son trésor qu'une pièce de cinquante centimes. Encore était-elle démonétisée !

Les œufs tombent comme une lourde pluie de lingots

Aussitôt il donne l'ordre à ses sept Hallebardiers de partir à la rencontre de Floribert, et lui-même se met à leur tête.

Bientôt, ils arrivent à l'entrée d'un étroit défilé. Mais le coq les a vu venir. Suivi de Floribert et de ses 300 poules, il gagne la montagne. Abrités par des broussailles, il dispose les poules sur un rang, au bord extrême de la crête qui domine la gorge.

Et, lorsque le Roi, à la tête des sept hallebardiers, vient à passer, chaque poule se met à pondre des œufs d'or. Les œufs tombent comme une lourde pluie de lingots sur la tête du Roi et des sept hallebardiers.

Et ils sont tués. Et voilà ce que c'est que d'être avare.

Cependant Floribert regagne son village. C'est fête dans toutes les maisons. Le vieux sonneur est tout joyeux, la petite Madge est fière et heureuse. Et l'histoire est finie.

La cloche est rentrée dans sa tour ; le coq a repris sa place en haut du clocher, il est bien content aussi ; la vieille poule l'a dit, il aime à rêver aux nuages. A le voir si tranquille, on ne croirait pas qu'il a vu des choses si merveilleuses.

Floribert a donné des poules à tout le monde. Il y en a dans toutes les basses-cours. C'est un village heureux. Chacun a sa maisonnette blanche aux volets peints en vert, avec un grand toit de chaume. Et autour, il a un joli verger.

Pourtant Madge, ce matin, est montée à son tour dans le clocher.

— Bonjour, petite Madge, dit la vieille cloche, qu'y a-t-il de neuf dans le village ?

— Je viens vous remercier, dit Madge, du bel œuf rose que vous avez posé pour moi, le jour de Pâques, sous notre noisetier.

— Un pauvre petit œuf, Madge, dit la cloche, et encore est-ce grâce aux trois gros sous de Floribert...

— C'est égal, je le préfère à tous les œufs d'or du monde.

— Pourquoi cela ? dit la cloche.

— Il était en sucre ! dit Madge.

C'est un village heureux

Modéré
U - ne pou - le blan - che, Qui est dans la gran - ge.
Modéré
p

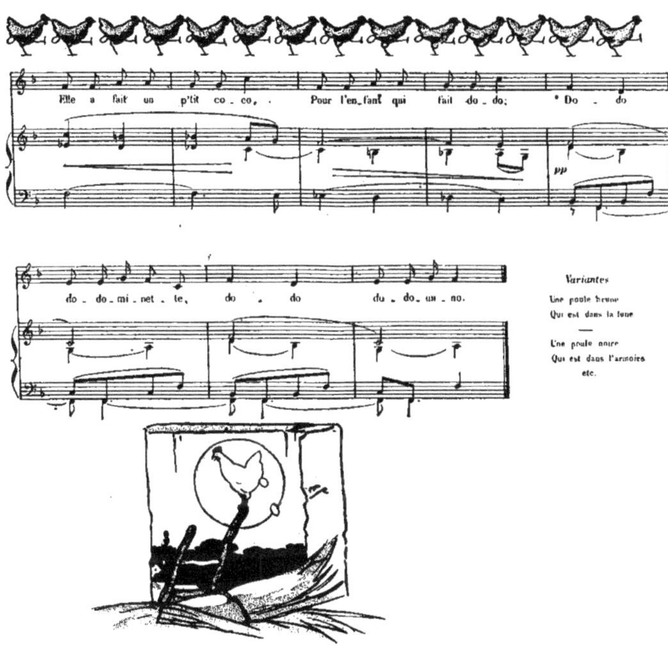
Elle a fait un p'tit co_co, Pour l'en_fant qui fait do_do; Do _ do
pp
do_do_mi_net_te, do _ do du_do_un_no.
Variantes
Une poule brune
Qui est dans la lune
—
Une poule noire
Qui est dans l'armoire
etc.

Histoire de

Reine-des-Bois

Les Brigands voulaient la tuer.

Histoire de Reine-des-Bois

Les Brigands voulaient la tuer.

Il y avait une fois une petite fille qui s'appelait Reine-des-Bois.

Un jour qu'elle était au milieu de la forêt, voilà qu'elle rencontre les Brigands.

Les Brigands lui demandent où elle va.

La petite fille répond : « Je vais chez grand'mère chercher mes étrennes. »

Les Brigands voulaient la tuer, mais le chef leur dit : « Allons, avec elle, chez sa grand'mère,
« nous aurons ainsi les étrennes et le magot. Nous les tuerons toutes les deux après. »

Ils arrivent donc, au fond du bois, à la maison de la grand'mère.

— Toc toc, à la porte !

Le premier la coupe en deux

— Qui est là ?

— C'est votre petite-fille qui vient chercher ses étrennes.

La grand'mère n'a pas plus tôt ouvert la porte que les Brigands se jettent sur elle.

Le premier la coupe en deux... oh !

Le deuxième lui tranche la tête... oh ! oh !

Le troisième lui fauche les jambes... oh ! oh ! oh !

Il faut enlever tous ces morceaux-là, disent les Brigands ; mettons-les dans le feu !

Les Brigands jettent les restes de la grand'mère dans la cheminée.

Mais voilà que les jambes coupées se mettent à sauter au milieu de la flamme, et le corps qui danse aussi, et la tête aussi !

— Oh ! oh ! oh !...

Puis voilà, tout à coup, que le tronc de la vieille vient se placer sur les jambes, et la tête qui vient se poser sur les épaules... toujours en dansant !

Les Brigands reconnaissent alors que la grand'mère était Fée et ils se mettent à trembler de tous leurs membres.

Alors, voilà une voix qui crie :

— Les gendarmes ! Les gendarmes !

Les Brigands, affolés cette fois, commencent à claquer des dents comme des castagnettes, en gémissant :

— Où nous cacherons nous ?

Et la voix qui crie encore :

— Dans le four ! Ils n'iront pas vous chercher là.

La vieille se met à danser au milieu de la flamme

Et voilà les Brigands qui se précipitent dans le four, se bousculant, chacun voulant y être le premier.

Et Reine-des-Bois (c'est elle qui criait ainsi), quand elle a vu ça, elle est sortie de sa cachette, et elle ferme la porte du four derrière eux — aprés avoir jeté sur les fagots une poignée d'allumettes enflammées.

Et elle est accourue pour embrasser sa grand'mère.

Et les Brigands ont été brûlés.

Et les Brigands ont été brûlés

Gaîment, sans vitesse
1_Tant que la vie du _ re _ ra, Ma _ ri _ et _ te, Ma _ ri _ et _ te, Tant que la vie du _ re _ ra, Ma _ ri _ et _ te dan _ se _ ra. Ma _ ri _ et _ te dan _ se _ ra Ma _ ri _ et _ te dan _ se _ ra.
2_Ma _ ri _ ette a bien dan _ sé Sur l'her _ bet _ te, sur l'her _ bet _ te Ma _ ri _ ette a bien dan _ sé Main _ te _ nant faut la cou _ cher Main _ te _ nant faut la cou _ cher, Main _ te _ nant faut la cou _ cher.
Gaîment, sans vitesse
p
Fin
p

Gaîment, sans vitesse
3_Ma - ri - et - te fais do - do Sur la pail - le, sur la pail - le, Ma - ri - et - te fais do - do Et tu boi - ras du lo - lo Et tu boi - ras du lo - lo Et tu boi - ras du lo - lo.
4_Ma - ri - et - te fais do - do Sur la pail - le, sur la pail - le, Ma - ri - et - te fais do - do Tu te ré - veill' - ras tan - tôt Tu te ré - veill' - ras tan - tôt, Tu te ré - veill' - ras tan - tôt.
Gaîment, sans vitesse
p
Fin
p

La Petite
Princesse

La petite princesse disparut !

La Petite Princesse Lillipotte

Il alla trouver sa marraine, la Fée Fleur-des-Pois.

Il y avait une fois une petite princesse qui s'appelait Lillipotte.

Elle n'était pas en tout si haute qu'une pervenche.

Son père était le Roi du Jardin : le bon Roi Tournesol Ier.

Un beau matin, la petite Princesse disparut.

Son père fut bien affligé ; il fit annoncer par tout le Jardin qu'il accorderait la main de sa fille à celui qui la retrouverait.

Un grand nombre de Comtes et de Ducs, le marquis de Chou-Pommé et son cousin le baron Chou-de-Bruxelles, le Maréchal Haricot-Panaché, le Prince Artichaut, enfin toute la noblesse du pays, se mirent aussitôt en campagne pour retrouver Lillipotte et obtenir sa main.

A la vérité, ils convoitaient surtout sa dot, car ils avaient, malgré leur titre, des âmes de légumes.

Cependant, leurs recherches n'eurent pas de résultat.

A l'autre bout du Jardin, demeurait un pauvre Liseron, Seigneur de peu d'importance, qui nourrissait pour Lillipotte une passion sincère. Mais il n'avait, pour tout patrimoine, que son bon cœur et les quelques pierres du vieux puits en ruines où il était né ; aussi ne se serait-il pas permis de lever les yeux jusqu'à la fille du Roi.

Néanmoins, comme Tournesol Ier admettait tout le monde à concourir, le Seigneur Liseron se mit à espérer de toutes ses forces qu'il retrouverait sa chère Lillipotte et qu'il obtiendrait ainsi sa main.

Sur le champ, il alla trouver sa marraine, la Fée Fleur-des-Pois, pour lui demander aide et protection.

Fleur-des-Pois, qui était une bonne Fée, ne lui cacha pas que c'était une entreprise difficile, mais elle approuva son projet et lui donna de précieux conseils.

« Prends cette truelle d'argent — lui dit-elle — et ces deux petits pots. L'un contient du suc de laitue ; l'autre « est un mélange de beurre, d'échalotes, de persil et d'un élixir de ma composition, qui en fait un mortier indis-

Il faillit tomber dans un détachement d'escargots.

« soluble. J'oubliais aussi cette torche de résine, qui pourra te servir. Maintenant, suis la grande allée du Jardin. « Arrivé à la première asperge, tu longeras la plate-bande jusqu'au groseiller rouge. Je ne puis t'en dire davantage ; « tu sais que les Fées ne doivent pas s'expliquer clairement ; mais tu es intelligent et brave ; de plus, tu aimes « Lillipotte, aies confiance. »

Liseron se mit en route.

Tout alla bien jusqu'au groseiller ; mais là commença l'embarras. Le pauvre Liseron s'assit au pied de l'arbuste, tout découragé déjà, quand son attention fut attirée par le manège d'une coccinelle qui s'agitait de façon bizarre sur l'une des feuilles du groseiller. Elle exécutait les zigzags les plus singuliers, et lorsqu'elle eut atteint le bord de la feuille, elle étendit ses ailes et s'envola.

Liseron s'approcha, et il vit avec une surprise extrême que la coccinelle, à l'aide de sa patte enduite de pollen, avait tracé sur la feuille cette phrase : « Tu suivras le fil de la Vierge... »

Sans perdre de temps, il saisit le fil conducteur et parvint ainsi à l'entrée d'une contrée sauvage, où il ne venait que des Orties géantes et des Ronces. Par surcroît d'ennui, le fil de la Vierge s'arrêtait là.

Liseron, cependant, s'engagea résolument sous les arceaux rébarbatifs de ces vilaines plantes; mais les Orties, comme des milliers de fouets, se mirent à le flageller cruellement au visage, tandis que les Ronces, avec leurs milliers de dents, le mordaient aux jambes.

Liseron endurait ses souffrances avec courage, mais il allait infailliblement succomber, quand il se souvint du suc de laitue que sa marraine lui avait donné. Il s'en frotta des pieds à la tête, et aussitôt les souffrances cessèrent.

Il put alors continuer son chemin et traverser la redoutable forêt en toute sécurité. Bientôt la contrée s'éclaircit, et Liseron se trouva sur le bord d'une allée étroite, que barrait une haie d'une hauteur prodigieuse.

Là finissait le Jardin, et aussi le Monde, croyait-il, car Liseron ne pouvait s'imaginer qu'il y eut quelque chose au-delà du Jardin.

C'était un endroit inconnu et presque fantastique, où les géographes de S. M. Tournesol plaçaient le Royaume des Escargots, gens farouches et sanguinaires, qui mangeaient, disait-on, les salades toutes vivantes.

Justement, comme Liseron débouchait dans l'allée, il faillit tomber dans un détachement d'Escargots en marche pour la chasse aux fraises.

Il se rejeta prudemment dans le fourré et il attendit, avant de poursuivre sa route, que tout danger fut disparu.

Il remarqua bientôt que l'allée était comme brodée de ces sillages d'argent, que les Escargots ont l'habitude de laisser derrière eux pour retrouver leur chemin; ce qui le frappa aussi, c'est que l'un de ces sillages était en or !

« Sans doute, pensa-t-il, c'est le sillage d'un grand chef... le Roi peut-être ? »

Un pressentiment lui vint, et il suivit le sillage doré.

Cette piste le conduisit dans une sorte de

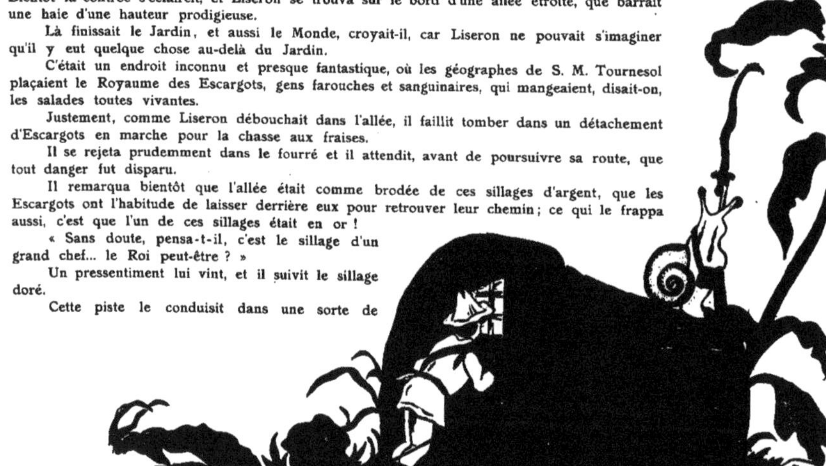

Liseron regarda par la lucarne.

fondrière dangereuse, encombrée de pierres, vertes de mousse, de bouteilles cassées et de branchages morts.

Au milieu, se trouvait un pot de fleurs, dont l'orifice était fermé par une épaisse porte de bois, percée d'une lucarne grillée.

Une voix plaintive sortait de cette espèce de prison ; une voix d'enfant qui chantait :

Adieu, mon pauvre père !
Le Roi des Escargots
M'a fait prisonnière
Et je mourrai bientôt . . .

Liseron, très ému, courut au pot de fleurs et regarda par la lucarne.

La princesse Lillipotte était là. Une faible lumière, que répandait un ver luisant fixé en guise de lampe sur une feuille suspendue à la voûte, éclairait sa pâle petite figure.

En un instant, Liseron fit sauter la serrure, et d'un bond il s'élança près de sa bienaimée.

La petite princesse étouffa un cri de frayeur, mais elle se remit bien vite en voyant ce gentil seigneur, si joliment pris dans son pourpoint rose, et qui se tenait si respectueusement devant elle, une main sur son cœur et l'autre sur la garde de son épée.

Ainsi périt Colimax VIII, dernier de sa dynastie.

Lillipotte mit alors un doigt sur sa bouche et désigna à Liseron une monstrueuse coquille constellée de pierreries, qui reposait à ses côtés, et que celui-ci n'avait pas encore remarquée.

— Le Roi... murmura-t-elle, c'est lui qui m'a enfermée ici, parce que je ne veux pas être sa femme ; il dort, sauvons-nous avant qu'il ne s'éveille.

Liseron, sans répondre, prit sa truelle d'argent ; il l'emplit du mortier enchanté de Fleur-des-Pois et se mit en devoir de murer le souverain endormi dans sa propre maison. Ensuite, à la pointe de son épée, il fit un trou dans la coquille ; puis il alluma sa torche, la glissa par l'ouverture et l'y maintint jusqu'à cuisson complète du monarque.

Ainsi mourut, d'un châtiment sévère, mais juste, Colimax VIII, dernier de sa dynastie.

Cela fait, Liseron et Lillipotte s'enfuirent, poussant devant eux, comme un tonneau, le méchant Roi, cuit et assaisonné.

***

Il y a aujourd'hui quatre semaines que Lillipotte est de retour ; cela représente un long espace de temps pour le monde éphémère du Jardin.

Elle épouse, ce soir, son ami Liseron ; toute la fine Fleur est invitée.

Le Jardin est en fête. L'orchestre des cigales vient d'attaquer la marche royale :

Tournesol, mon bel ami
Tourne, tourne jusqu'à midi.

Au repas des noces, quatre cuisiniers ont apporté en grande pompe, sur une feuille de salade, le Roi des

Le Jardin est en fête

Escargots : ce fut la pièce de résistance. La Fée Fleur-des-Pois, qui présidait, a rompu le charme du mortier, et chacun s'est régalé d'importance.

Il nous reste à dire que, peu de temps après, Tournesol Ier, sentant qu'il allait bientôt se faner, laissa à Liseron son sceptre et son jardin.

Liseron Ier, malgré son titre, est toujours modeste et bon.

Même, il n'a rien voulu changer au vieux puits en ruine, où il a passé sa jeunesse. Il vit heureux auprès de sa chère Lillipotte, et leur plus grand plaisir à tous deux, quand il fait du soleil, est d'aller se promener doucement, la main dans la main, en souvenir de la coccinelle, jusqu'au groseiller rouge.

Gaîment

Dan_sez, dan sez, bel_le main,

Gaîment

f *p*

Vous au_rez du gâ_teau de_main Ah! la bell' main la me_net_te,

sfz *p*

Ah! la bell! main, que j'ai

sfz *p*

VARIANTES

Dansez, dansez, belle main
Vous aurez des joujoux demain.

Dansez, dansez, belle main
Vous aurez des bonbons demain.
etc

POMME D'API

et GRAIN DE SEL

Je voudrais bien être arrivée !

Pomme d'Api et Grain de Sel

Un jour, Pomme-d'Api s'en allait aux champs porter du café et de la galette à son père, qui fauchait le seigle du fermier.

Chemin faisant, il fallait traverser une grande forêt.

C'était une forêt sombre, où personne n'allait jamais, parce qu'on avait peur d'y rencontrer le Petit-Homme-Rouge. Mais Pomme-d'Api n'en avait pas peur, parce qu'elle avait la conscience tranquille.

Justement, elle arrivait à la sortie de la forêt quand elle le rencontra. Il avait un capuchon pointu, une longue barbe blanche, et il était tranquillement assis sous un champignon.

Quand Pomme-d'Api passa, il la considéra avec bonté.

— Ce que tu portes dans ton tablier sent bien bon,

— Je parie que c'est de la galette ?

Le tablier était si lourd qu'il lui échappa des mains.

Pomme-d'Api ! dit le Petit-Homme ; je parie que c'est de la galette ?

— De la galette toute chaude, répondit Pomme-d'Api, et si le cœur vous en dit, mon bon monsieur ?

— Merci, petite, n'ouvres pas ton tablier, ta galette pourrait se refroidir ; promets-moi, même, de ne l'ouvrir qu'en arrivant au champ de ton père. Mais, puisque tu as si bon cœur, tiens, voici un petit coffret dont je te fais cadeau. Chaque fois que tu courras un danger, tu l'ouvriras ; il contient un talisman précieux, qui protège contre la misère et la méchanceté. Seulement, ne l'ouvres pas sans nécessité ; il t'arriverait d'affreux malheurs !

Pomme-d'Api allait remercier le Petit-Homme, mais il était déjà disparu.

Elle se remit en marche, et, tout en marchant, elle remarqua bientôt que son tablier devenait de plus en plus lourd.

— Comme cette galette est pesante, songeait-elle ; je voudrais bien être arrivée.

Elle n'osait pas ouvrir son tablier, à cause de ce qu'elle avait promis au Petit-Homme.

Enfin, il était temps qu'elle arrivât auprès de son père, car le tablier était si lourd qu'il lui échappa des mains...

Et que pensez-vous qu'il en sortit du tablier ? Une quantité de pièces d'or !

Vous vous imaginez la joie de Pomme-d'Api et de son père. Ils n'en avaient jamais tant vu.

Ils revinrent au village tout joyeux, et avec les pièces d'or ils achetèrent une jolie ferme, où ils mirent des poules, des canards, des vaches, des moutons, enfin tout ce qui fait l'agrément de la vie, et ils furent les plus heureux du pays.

Un peu après, voilà que le petit frère de Pomme-d'Api, qui s'appelait Grain-de-Sel, traverse à son tour la forêt, dans l'espoir de rencontrer aussi le Petit-Homme.

Celui-ci était à la même place, sous son champignon, et, sur ses genoux, il tenait un coffret semblable à celui qu'il avait donné à Pomme-d'Api.

— Bonjour, Grain-de-Sel, dit le Petit-Homme, tu m'apportes de la galette ?

Prends garde, petit, laisse-moi le coffret

— Je n'ai pas de galette, répond Grain-de-Sel; je venais vous demander un coffret comme celui de Pomme-d'Api.

— Tu es trop curieux, Grain-de-Sel; si je te le donnais, tu l'ouvrirais tout de suite, et il t'en cuirait.

— Donnez-moi votre coffret! dit Grain-de-Sel en tapant du pied.

— Non, Grain-de-Sel, tu ne l'auras pas!

Grain-de-Sel, alors, se met en colère et s'entête si bien qu'il se lance sur le coffret, essayant de s'en emparer.

Les hideux reptiles galopent comme le vent

— Prends garde, petit, prends garde; laisse-moi le coffret.

Mais Grain-de-Sel tira si fort, que le Petit-Homme lâcha prise; sitôt que le coffret lui échappa des mains, il disparut, tout à coup, sans que Grain-de-Sel y vit autre chose que du feu.

Voilà donc Grain-de-Sel, bien content, qui reprend le chemin de la ferme, avec le précieux coffret dans ses bras. Il est si pressé de voir ce qu'il y a dedans qu'il n'attend pas d'être arrivé... Il s'arrête, il fait tourner la clef et... il ouvre.

Un horrible sifflement se fait entendre, et, dans un nuage de fumée rousse, il voit sortir du coffret une petite voiture attelée de hideux reptiles.

Il se sent, avec épouvante, saisi et jeté dans la voiture. Les hideux reptiles se mettent à galoper comme le vent, et ils galopent, ils galopent ainsi jusqu'à ce qu'ils soient arrivés en Enfer.....

⁂

Pomme-d'Api a vécu tranquille et heureuse dans sa ferme, contente de son sort et ne désirant pas plus que ce que le ciel lui a donné. Plus sage et plus prudente que Grain-de-Sel, elle n'a jamais ouvert le terrible coffret. Seulement, quand elle devint vieille, bien vieille, et qu'elle se sentit près de sa fin, elle murmura :

« Je n'ai jamais eu besoin de rien, grâce aux écus du Petit-Homme, mais me voilà aujourd'hui si faible et si seule !... et je voudrais bien ne pas m'en aller sans savoir ce qu'il y a dans le coffret... »

Alors, le coffret se brisa de lui-même ; il en sortit un joli petit char attelé de papillons, qui la prièrent poliment d'y prendre place ; et elle vit qu'elle était devenue une gracieuse fillette.

Les papillons étendirent leurs ailes et la conduisirent au delà des nuages, dans un Jardin enchanté, où elle est encore.

Les papillons la conduisirent au delà des nuages...

Tranquillement
Bon _ soir Ma _ dam' la Lu _ ne, Que
Tranquillement
p

fai _ tes-vous donc là? Je fais mû _ rir des pru _ nes Pour tous ces en _ fants là.
poco f
p

Tranquillement
Bon _ jour Mon _ sieur So_ leil Que fai _ tes vous donc
Tranquillement
p
là? J'fais mû _ rir des gro _ seil _ les Pour tous ces en _ fants là
poco f
p

SOURISETTE

La barque s'était éloignée du bord

SOURISETTE

C'était de la crème !

Claude était le fils d'un Prince puissant. Il avait toutes les qualités et seulement un défaut, un seul : il était désobéissant.

Ce défaut lui fut donné, comme il arrive toujours, par une vieille Fée hargneuse que le Prince avait oublié d'inviter au baptême.

Un jour que l'enfant se promenait sur les bords d'un étang, où se mirait le château de son père, il aperçut une jolie barque parmi les roseaux.

Malgré la défense de ses parents, il s'en approcha et grimpa dedans.

Comme on s'y trouvait bien ! Comme cela vous balançait doucement ! Vraiment, il ne voyait aucun mal à ce jeu, et il ne comprenait pas pourquoi on lui défendait une distraction aussi innocente.

Enfin, après s'être balancé son content, le voilà qui se dispose à sortir de la barque.

Mais, à son grand effroi, il s'aperçoit que la barque s'est éloignée du bord ; il prend la rame et il essaie, comme il peut, de se diriger, mais en vain ; la barque, au lieu de se rapprocher, gagne lentement le milieu de l'étang ; on dirait qu'une main invisible la pousse...

Et puis — cela surtout lui parut étrange — l'étang, qui était d'abord tout petit, se met à grandir, à grandir ; les bords s'éloignent peu à peu ; ils s'éloignent tant, que bientôt on ne les voit plus du tout, et Claude, épouvanté, a beau crier de toutes ses forces, rien ne lui répond. Il est seul dans sa petite barque, au milieu d'une immense nappe d'eau qui se confond à l'horizon avec le ciel...

Il flotte ainsi, à la dérive, pendant deux jours ; il est épuisé, et, de plus, maintenant le ciel se couvre, de gros nuages couleur de cendre arrivent, une tempête affreuse éclate, et les vagues font danser la barque comme un jouet.

L'une d'elles, enfin, la lance en l'air, et le pauvre Claude tombe dans l'eau ; il s'attendait à périr, quand il s'aperçoit qu'il n'enfonce pas ; il a pied. Cependant une dernière vague lui passe par dessus la tête et le suffoque...

Claude reparaît aussitôt, en poussant cette fois des cris de joie, car, je puis vous le dire à présent, ce n'est pas de l'eau dans quoi il est tombé, c'est de la crème !

Quand il se fut bien régalé, Claude gagna le rivage.

C'était un singulier pays. Il traversa une forêt de bâtons de sucre ; les pierres étaient des dragées, et les ruisseaux coulaient du sirop de groseille.

A la sortie de la forêt, il aperçut un grand palais bâti en nougat, dont la grille, à son passage, s'ouvrit toute seule.

Il pénétra dans le palais, et se trouva d'abord dans une cuisine immense, où fumaient d'énormes marmites remplies de confitures.

Une quantité de marmitons allaient et venaient, sans paraître prendre garde à lui. Il apprit, en écoutant, que c'étaient les préparatifs d'un grand festin pour le maître du palais, Son Altesse Baba-Moka, roi des Gâteaux.

Ensuite, il entra dans une galerie déserte, où étaient alignés, le long des murs, des bocaux gigantesques. Ces bocaux, remplis d'alcool, renfermaient des enfants confits, qui lui ressemblaient un peu, et dont les yeux, étrangement fixes, avaient l'air de le regarder.

Le dernier de ces bocaux était vide, et, comme Claude paraissait s'en étonner, il entend derrière lui une voix goguenarde qui lui dit : « Celui-là est pour toi, petit Claude, pour toi, quand nous t'aurons engraissé comme il faut ».

Il se retourne ; c'était un cuisinier armé d'un énorme coutelas, qui était penché sur lui et lui lançait des regards étincelants.

Le cuisinier mit Claude sous son bras et le conduisit dans un cachot obscur, où il le laissa avec un pot de confiture, de la brioche et une cruche de bière.

Mais Claude n'avait ni faim, ni soif, et il se mit à pleurer.

Et, quand il eut bien pleuré, il s'endormit.

⁂

A son réveil, la nuit était close, et, à la clarté de la Lune, qui regardait par la lucarne, Claude vit, tranquillement assise sur ses genoux, une gentille souris qui le regardait avec ses yeux vifs.

Claude la caressa doucement, puis lui donna de la confiture et de la brioche.

Quand la souris eut fini de grignoter, elle lui fit un petit signe de tête, se laissa glisser à terre et disparut.

Mais, tous les soirs, pendant un mois, elle revint, et Claude partagea avec elle son repas.

Cependant, le geôlier, un jour, trouvant Claude à point, décida qu'il était temps de le mettre en bocal, et il lui ordonna de le suivre.

Juste à ce moment, de grands cris retentissent dans le palais : « Sa Majesté Baba-Moka se meurt ! »

Tout le monde se bouscule et se précipite ; cuisiniers, serviteurs et courtisans, tout est sens dessus dessous, c'est un vacarme indescriptible.

Il faut vous dire que Sa Majesté Baba-Moka était en biscuit et que son valet de chambre, ce jour-là, au moment qu'il lui apportait son courrier, avait trouvé l'infortuné monarque à moitié rongé !

Il y avait cependant une souricière placée jour et nuit sous le trône du Roi, pour le protéger ; mais, de souricière, il n'y en avait plus trace.

Et ce n'était pas étonnant, la souricière était en chocolat !

Donc, grand brouhaha dans le palais. Le geôlier, comme les autres, accourt en toute hâte, et, dans sa précipitation, il oublie Claude, laissant grande ouverte la porte du cachot.

Vite ! vite ! dit une petite voix qui semble sortir de terre, viens par ici, petit Claude, je te conduirai dans le bon chemin... Vite ! vite !

Claude reconnaît la voix de son amie la souris, et tous deux, en hâte, quittent l'affreux cachot.

Et voilà la souris qui trotte, qui trotte, et Claude qui a du mal de la suivre, tant elle trotte vivement ; ils vont ainsi longtemps, à travers d'interminables souterrains ; mais enfin, après bien des difficultés de toutes sortes, ils se retrouvent au grand jour, sur le bord de la Mer de crème où Claude a failli se noyer.

La jolie barque verte était là, qui avait l'air de les attendre. Claude et la petite souris y prennent place, et la barque s'éloigne du rivage. Les voilà en pleine mer.

La barque flotte ainsi pendant deux jours, quand, tout à coup, il semble à Claude que l'horizon se ferme devant eux ; la mer est devenue un grand étang, dont les bords se rapprochent de plus en plus.

Sa Majesté Baba-Moka se meurt !

Maintenant, l'étang est encombré de roseaux et est devenu tout petit.

Et voilà que, sur ses bords, s'élève un château que Claude reconnaît... c'est le château de son père.

— « Oh ! bonne petite Sourisette, s'écrie Claude, c'est toi qui a rongé le cruel Baba-Moka, c'est toi qui m'a « sauvé ; c'est trop de bienfaits pour un peu de confitures ; comment te dire ma reconnaissance ? Si tu avais « seulement forme humaine, je t'épouserais tout de suite ! »

Il n'avait pas sitôt dit ces mots que la barque, la souris, l'étang et le château disparurent. Il se trouva dans un salon resplendissant de lumières. Des musiques célestes retentissaient. Lui-même était aux pieds de la plus merveilleuse princesse que l'on put voir, entre son père et sa mère qui souriaient.

La petite princesse releva Claude.

— « C'est moi qui suis Sourisette, dit-elle, Sourisette qu'une méchante Fée avait changée en souris, jusqu'au « jour où un gentil seigneur viendrait me délivrer en m'offrant son cœur. »

Et, en disant ces mots, elle laissa tomber sa main dans la main de Claude.

Et Claude et Sourisette se sont ainsi mariés.

Et c'est la fin de l'histoire.

L'infortuné monarque était à moitié rongé

Modéré
1 Mel - chi - or et Bal - tha - zar Ont quit - té l'A - fri - que, Ont quit - té l'A - -
2 Ils sont tous les trois par - tis A la belle é - toi - le, A la belle é - -
3 Ils sont tous les trois ve - nus De - dans une é - ta - ble, Du - dans une é - -
Modéré
mf
- fri - que, Mel - chi - or et Bal - tha - zar Ont quit - té l'A - frique A - vec le roi Gas - pard.
- toi - le, Ils sont tous les trois par - tis A la belle é - toi - le Qui les a con - duits.
- ta - ble, Ils sont tous les trois ve - nus De - dans une é - ta - ble Qu'ils ont re - con - nu'.

Modéré
4 A Jé - sus le Tout - puis - sant, Di - sent la pri - è - re, Di - sent la pri
5 Le pre - mier of - frit de l'or, Parc' qu'il é - tait ri - che, Parc' qu'il é - tait
6 Le deu - xième of - frit l'en - cens, Le der - nier la myr - rhe, Le der - nier la
Modéré
mf

- è - re, A Jé - sus le Tout - puis - sant Di - sent la pri - è - re Ge - nou flé - chis - sant.
ri - che, Le pre - mier of - frit de l'or Parc' qu'il é - tait ri - che De cent mil - lions d'or
myr - rhe, Le deu - xième of - frit l'en - cens Le der - nier la myr - rhe Pour ce bel en - fant

LES TROIS QUESTIONS

On l'appelait le Château Sauvage

Les Trois Questions

— Dis-moi si tu connais un tonneau contenant deux sortes de liqueurs ?

Il y avait une fois, au fond d'une forêt profonde, un château magnifique et terrible, qu'on appelait le Château Sauvage.

Il était habité par des Brigands cruels, dont on ne prononçait le nom que tout bas, et que le Roi lui-même redoutait.

Aussi, c'était une forêt maudite ; on racontait que le château restait illuminé toutes les nuits, et qu'il en sortait d'immenses clameurs.

Lorsqu'un enfant s'aventurait de ce côté, malheur à lui ! on ne le revoyait jamais.

Une affreuse Ogresse, disait-on, l'attendait au détour des chemins creux et lui posait trois questions.

C'était la pourvoyeuse des Brigands, et si l'enfant ne pouvait résoudre les énigmes, la vieille l'emmenait dans le Château Sauvage. Et c'était fini ; on n'en entendait plus parler.

Depuis quelque temps, il n'était plus question de tout cela, quand, un beau jour, grande alarme ! C'était la propre fille du Roi qui avait été volée !

La vieille tombe en avant, fendue de haut en bas.

Le Roi envoie de tous les côtés à sa recherche et lance ses meilleurs chevaliers sur la piste de l'enfant. On ne retrouve point la princesse. Le lendemain, les chevaliers furent trouvés pendus à l'entrée de la forêt.

Le pays était consterné ; personne n'osait plus sortir de chez soi ; lorsqu'un matin le berger d'un village voisin se présenta au palais, disant qu'il se faisait fort de retrouver la princesse moyennant qu'on lui donna un œuf, un balai et une hache.

Il n'avait pas encore quatorze ans, mais comme il passait pour savoir beaucoup de choses, le Roi lui fit donner ce qu'il demandait, et le petit berger partit.

Après avoir marché quelque temps, il rencontra, au plus épais de la forêt, l'Ogresse, à peu de distance du Château. Celle-ci l'arrête, selon son habitude.

— Bonjour, madame l'Ogresse, dit le berger, êtes-vous toujours d'aussi mauvaise humeur ?

— C'est bon, c'est bon, répond-elle, ne sois pas si hardi, mon garçon, et dis-moi plutôt si tu connais un tonneau contenant deux sortes de liqueurs ?

— N'est-ce que cela, dit le berger ; en voici un joli ! Et, en parlant, il prend l'œuf dans sa musette et le lance à la figure de la vieille, qui en crache tant qu'elle peut.

« Vous le voyez, madame, deux liqueurs, le blanc et le jaune, et c'est le même tonneau ; êtes-vous contente ? »

— Attends, attends, sacripant, répond la sorcière, il faut me dire maintenant qui est-ce qui grandit au bois et qui danse à la ville ?

— Je le connais, dit le berger, n'est-ce pas celui-ci ?

Des ruines surgissent tous les enfants volés depuis l'an passé

Et, ce disant, il prend son balai et pousse dans les épines l'Ogresse, qui saute à qui mieux mieux.

— Êtes-vous contente, cette fois ?

— Pas encore, démon ; tu ne m'as pas dit qui est-ce qui entre dans le bois avant son maître ?

Le petit berger prend alors sa hache, et il en assène un tel coup sur la tête de la vieille, qu'elle tombe en avant, fendue de haut en bas.

Au même instant, le Château Sauvage s'écroule avec un vacarme terrible ; et des ruines surgissent tous les petits enfants volés depuis l'an passé.

Le berger les a ramenés tous auprès de leurs parents, et il a rendu la petite princesse au Roi son père.

Et celui-ci, pour le récompenser, lui a offert une place de colonel dans son armée.

Le petit berger a remercié beaucoup le Roi, mais il a refusé son offre, parce qu'il préfère garder les moutons

Pas trop vite
Les pe_tits poissons dans l'eau,
Pas trop vite
Na_gent, na_gent, na_gent, na_gent, na_gent, Les pe_tits poissons dans l'eau,
Nag't aus_si bien que les gros.
Fin
Les grands,les pe_tits, Na_gent bien aus_si;
Fin
dimin

KAUFFMANN, IMPRIMEUR
80, AVENUE DU MAINE
PARIS

www.ingramcontent.com/pod-product-compliance
Ingram Content Group UK Ltd.
Pitfield, Milton Keynes, MK11 3LW, UK
UKHW020344220726
13923UKWH00004B/1552

9 782019 303792